土從哪裏來？

文 —— 黎梓盈 Loretta Lai　　圖 —— 袁志偉

美術設計 —— 袁志偉

發行人 —— 張輝潭

出版發行 —— 白象文化事業有限公司
412 台中市大里區科技路 1 號 8 樓之 2（台中軟體園區）
出版專線：（04）2496-5995
傳真：（04）2496-9901

401 台中市東區和平街 228 巷 44 號（經銷部）
購書專線：（04）2220-8589
傳真：（04）2220-8505

初版一刷　2023 年 7 月
定價 320 元

贊助：
澳門特別行政區政府文化發展基金
Governo da Região Administrativa Especial de Macau
Fundo de Desenvolvimento da Cultura

國家圖書館出版品預行編目 (CIP) 資料

土從哪裏來？ / 黎梓盈 (Loretta Lai) 文字；
袁志偉繪圖 .-- 初版 .-- 臺中市：白象文化事
業有限公司 , 2023.07

面；　公分

ISBN 978-626-364-070-2(精裝)

859.9　　　　　　　　　　112009920

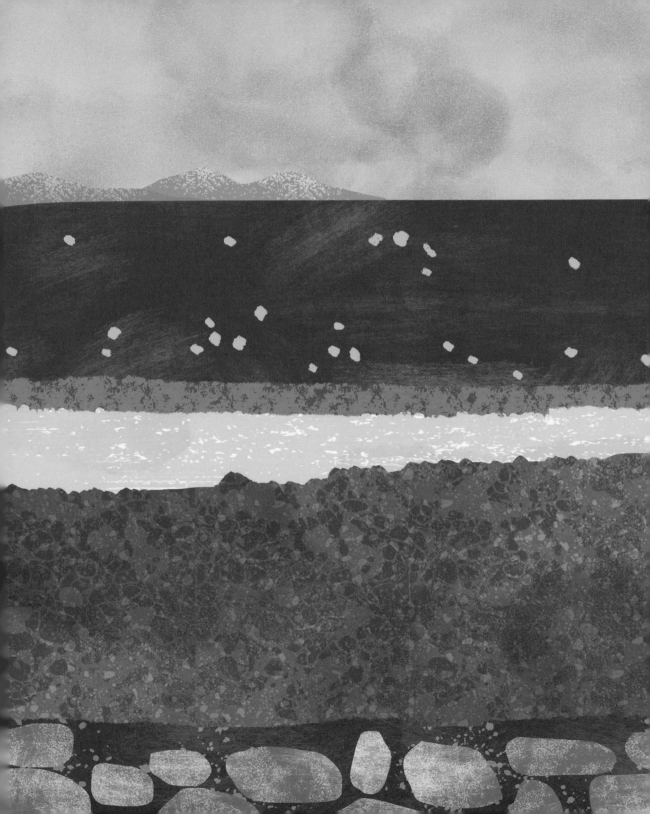

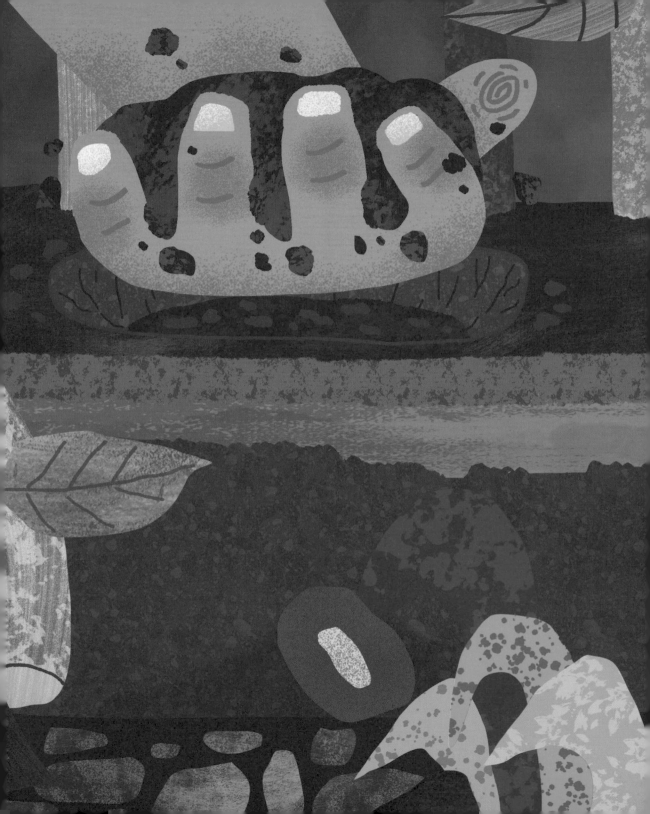

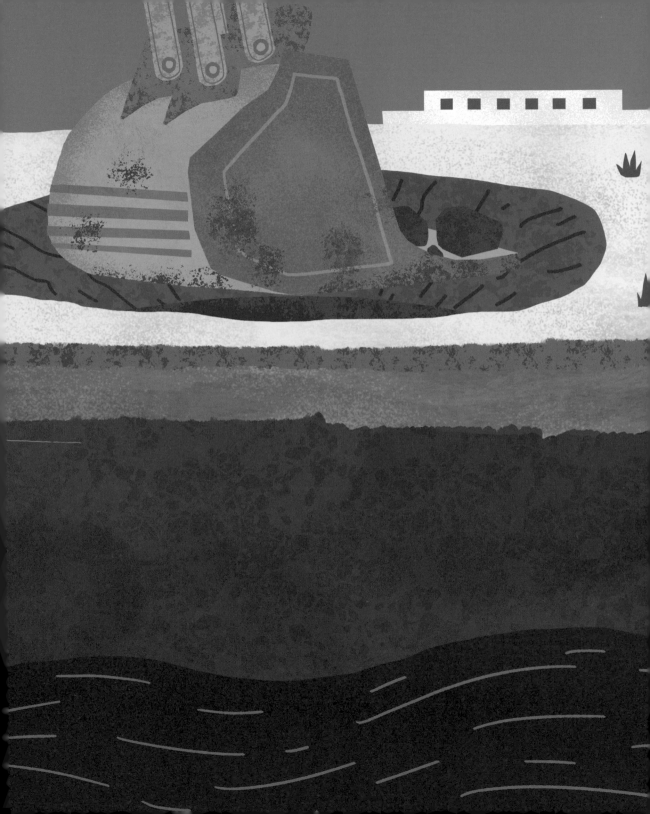

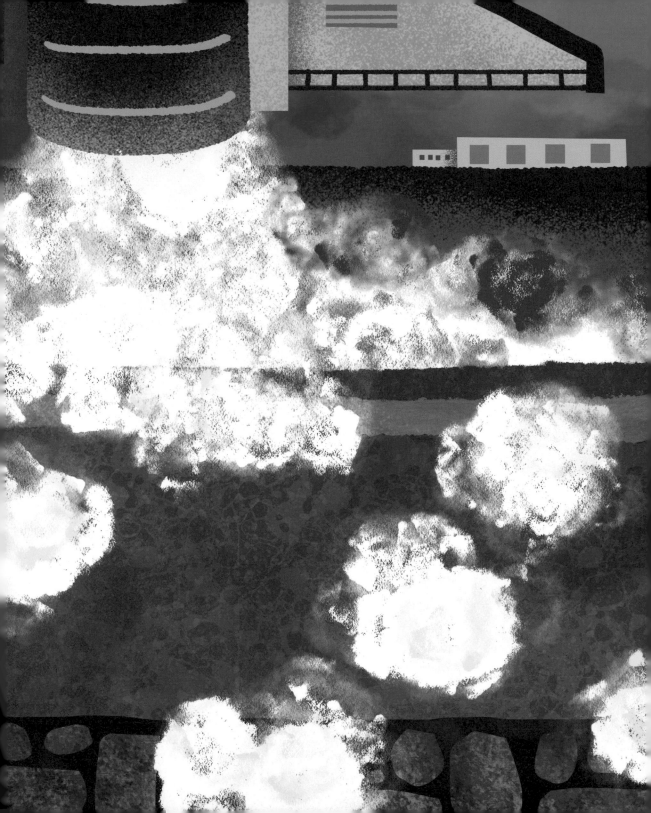

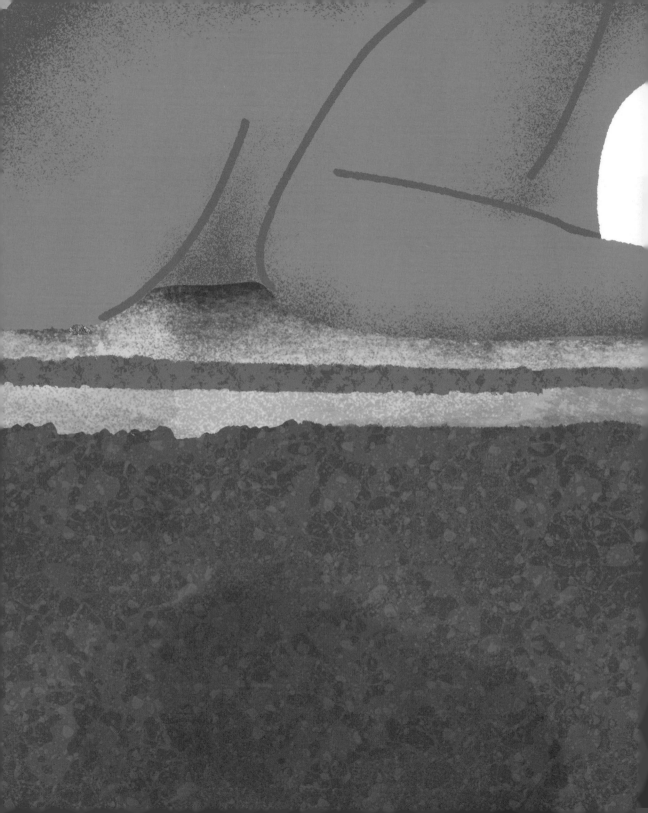

「你是哪裡來的？」

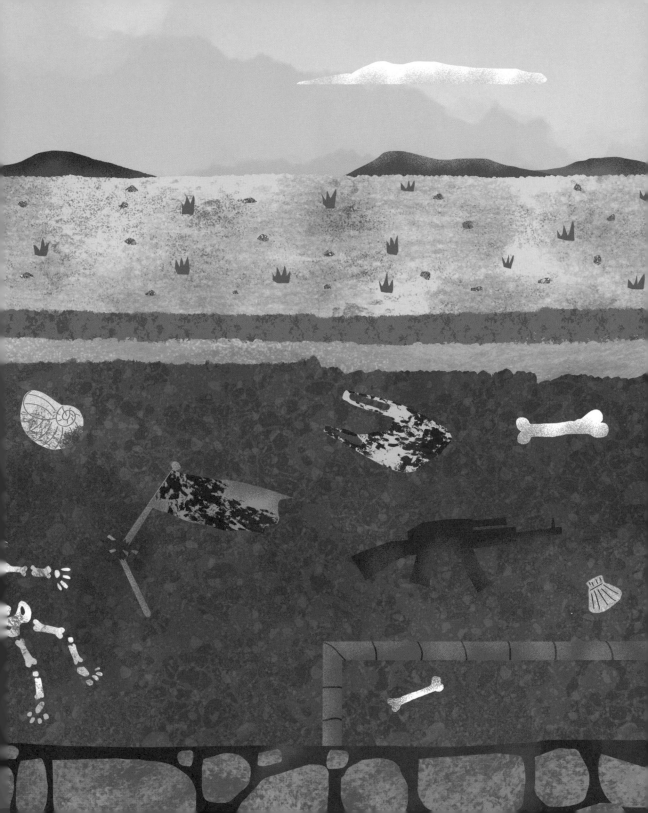

黎梓盈 Loretta Lai

黎梓盈自小是創作布偶及手作飾物發燒友，2013年成立Gugumelo工作室創作了Gugumelo角色IP，參加了不同的文創市集。獨樹一幟的Gugumelo更成為第29屆及第30屆澳門國際音樂節設計紀念品主角，並於2021年舉辦了個人展覽《Gugumelo籃星之旅－黎梓盈創意環保展》。後期對戲劇產生濃厚興趣，以Gugumelo角色與怪老樹劇團合作製作偶劇。2019年與多名藝術導師創立Gugumelo藝術星球，並為該教育中心的創作總監及兒童戲劇班導師。

Gugumelo 工作室

Gugumelo工作室是一家著重於文創產品設計及製作的公司，於2013年由黎梓盈（Loretta Lai）設立。工作室以"Art from Heart"的理念，從心而發投入創作，將作品的信息全心全意地傳達出來。工作室創作的Gugumelo角色是一個富有幽默感、愛說笑、喜歡周遊列國及超淘氣的不尋常生物，到地球化生成為不同的物件與人接觸，希望透過Gugumelo給大家帶來一些幸福和快樂的心情。

袁志偉

插畫家及平面設計師。從事視覺藝術工作多年，作品散見於各大國際品牌及藝文活動。
Facebook：@chiwaiun.works
Instagram：@chiwaiun

怪老樹劇團

怪老樹劇團為澳門非牟利文化藝術團體，本著以澳門為根，同時向國際推動及發展本地的藝術文化。劇團製作主要融合亞洲各地的劇場元素，積極推廣劇場培育工作，為澳門培育更多戲劇藝術人才。除了傳統的劇場演出，如 " 亞洲劇場導演計劃 "，過去兩年，劇團積極的把戲劇帶到各個社區，社區計劃包括：" 布偶劇社區營造計劃 "、" 放學後巡迴演出 "、" 關注自閉症兒童學校巡迴演出 "、" 公平貿易推廣校園皮影巡迴演出 "、" 繪本偶劇圖書館巡迴演出 " 等。

怪老樹劇團主要以「社區藝術」、「創意教育」、「兒童戲劇」、「偶戲劇場」及「實驗劇場」五大方向為發展方針。旨在把藝術帶入社區，讓大眾都擁有享受藝術的機會，亦根據本澳兒童及青少年身心靈的發展，設計出多元化戲劇教育課程；劇場作品則以亞洲文化出發，探索當代劇場美學，以藝術反思生活。